Colección

libros para soñar

© del texto: Manuela Rodríguez, 2005
© de las ilustraciones: Ana Sande, 1999
© de esta edición: Kalandraka Ediciones Andalucía, 2005
Avión Cuatro Vientos, 7 - 41013 Sevilla
Telefax: 954 095 558
andalucia@kalandraka.com
www.kalandraka.com

Impreso en Tilgráfica - Portugal

Primera edición: abril, 2005
D.L.: SE-2401-05
I.S.B.N.: 84-9638-821-2

El patito feo

Adaptación a partir del texto de
H. C. Andersen

Ilustraciones de Ana Sande

k a l a n d r a k a

Era verano. El campo estaba hermoso.

Alrededor de los campos había bosques y,

en lo más profundo de los bosques, un gran lago.

Allí, en una vieja granja, una pata incubaba sus huevos.

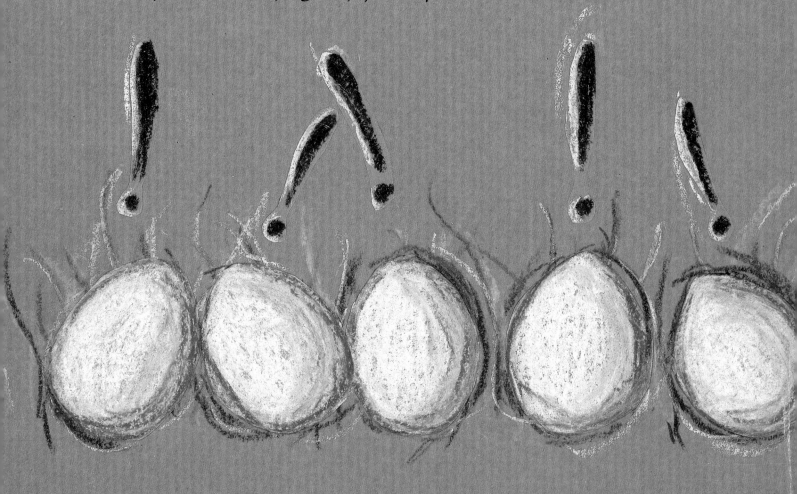

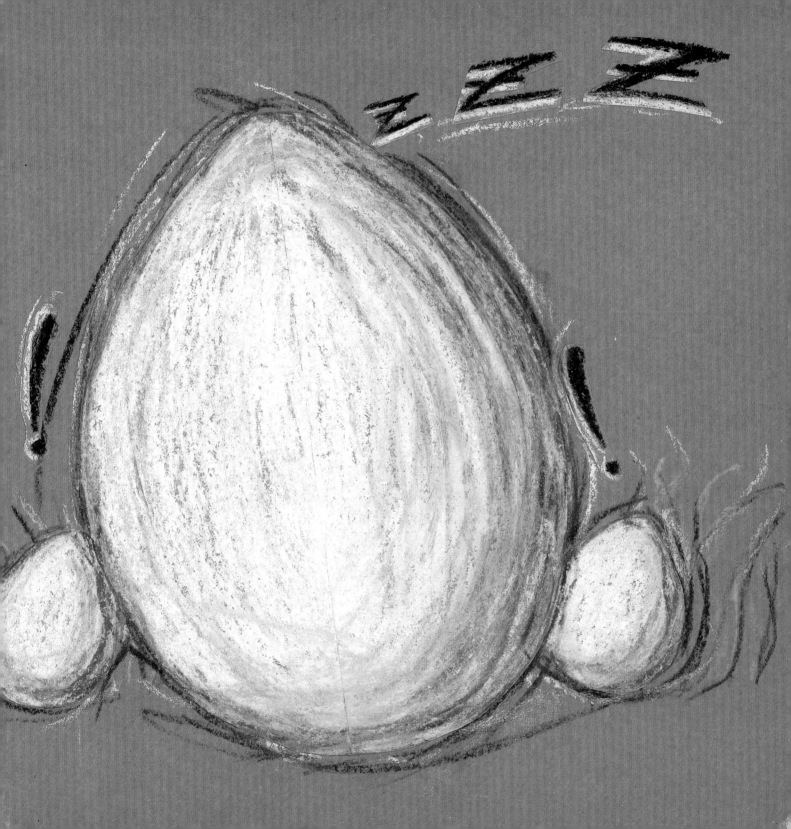

Después de una larga espera...

uno tras otro fueron saliendo de su cascarón.

—¡Que grande es el mundo! —dijeron los patitos,

mirando asustados a su alrededor.

Pero aún faltaba por abrir el huevo más grande.

Mamá pata decidió darle un poco más de calor.

Por fin, el huevo rompió, y apareció un pato grande y feo.

No se parecía a ninguno de los otros.

Mamá pata pensó que quizás fuese un pavo y no un pato;

de ser así, seguro que no sabría nadar.

Lo primero que hizo mamá pata fue llevar
a todos sus patitos al estanque
y echarlos al agua.

El patito feo nadaba como los demás
y aquello la hizo sentirse mejor.

Después, contenta y feliz, llevó a sus hijos a la granja

para presentarles a los otros animales.

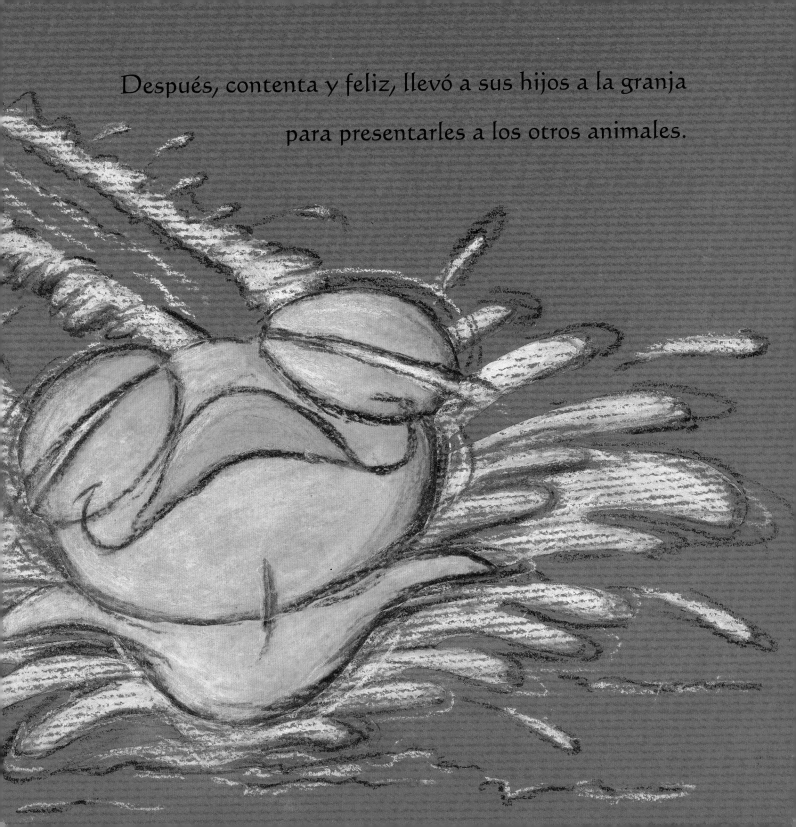

En cuanto vieron al patito, los animales de la granja gritaron:

—¡Mirad, que pato tan feo!

—Dejadlo en paz. No ha hecho mal a nadie.

Será fuerte y sabrá abrirse camino –lo defendía su madre.

—Es demasiado grande y raro –dijeron todos,

y comenzaron a darle picotazos y empujones.

Se reían de él y lo trataban tan mal que, un día,

el patito feo decidió abandonar aquel lugar.

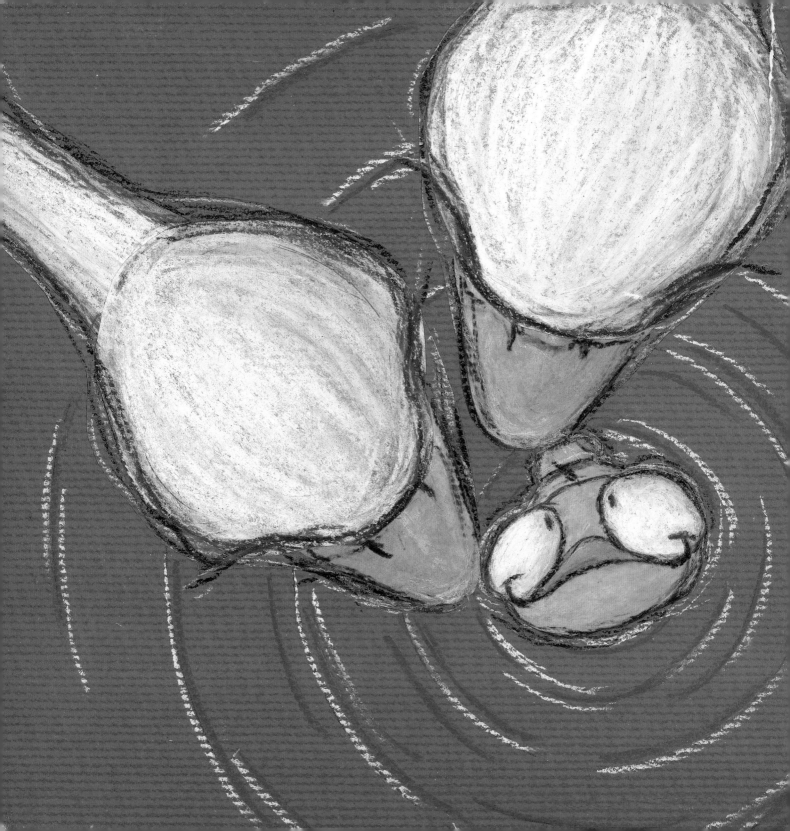

El patito feo caminó y caminó, hasta que llegó a un río.

Allí se encontró con una bandada de gansos.

—¿Quieres venir con nosotros? Seguro que tendrás

mucho éxito, con lo feo que eres...

¡PUM, PAM! –se oyeron unos disparos.

De repente, dos gansos cayeron muertos.

¡PAM, PUM! –se volvieron a oir disparos.

Los pájaros huyeron. El patito se asustó mucho

y metió la cabeza bajo el ala, sobre todo cuando

un perro enorme se acercó a él para olerlo,

pero ni le tocó.

—Soy tan feo que ni los perros me quieren morder.

Cuando volvió el silencio, el pobre pato se echó a correr,

y en medio del bosque encontró una pequeña casa.

Allí vivía una anciana con su gato y su gallina.

Al gato le llamaba *Hijito,* sabía arquear el lomo y ronronear.

La gallina ponía buenos huevos, la mujer la quería mucho

y le había puesto de nombre *Quiquiriquí-Patascortas.*

Gato y gallina siempre decían: "Nosotros y el mundo",

porque creían que ellos eran la mitad del mundo y,

además, la mejor.

El patito no estaba de acuerdo

y siempre discutía con ellos, así que,

un día, decidió irse de allí.

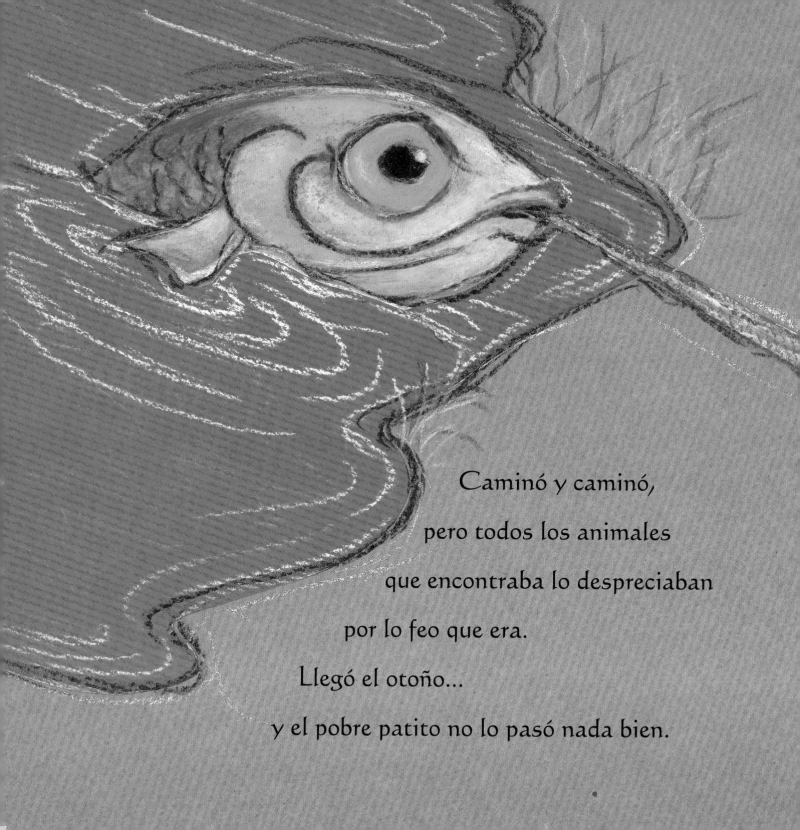

Caminó y caminó,

pero todos los animales

que encontraba lo despreciaban

por lo feo que era.

Llegó el otoño...

y el pobre patito no lo pasó nada bien.

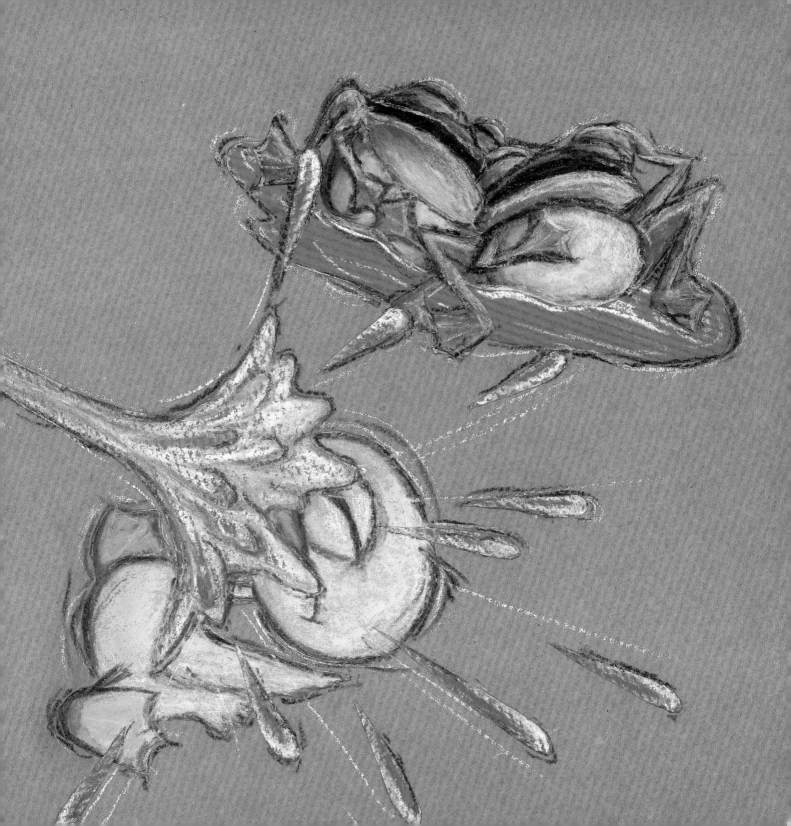

Una tarde apareció una bandada de preciosos pájaros

a los que él no había visto nunca.

Eran aves blancas, con el cuello largo y hermosas alas.

Volaban muy alto, hacia otros lugares menos fríos.

Cuando vió que se marchaban, el patito no pudo evitar lanzar

un grito tan fuerte y extraño que hasta él mismo se asustó.

No sabía cómo se llamaban aquellos pájaros,

pero sentía que los amaba como jamás había amado a nadie.

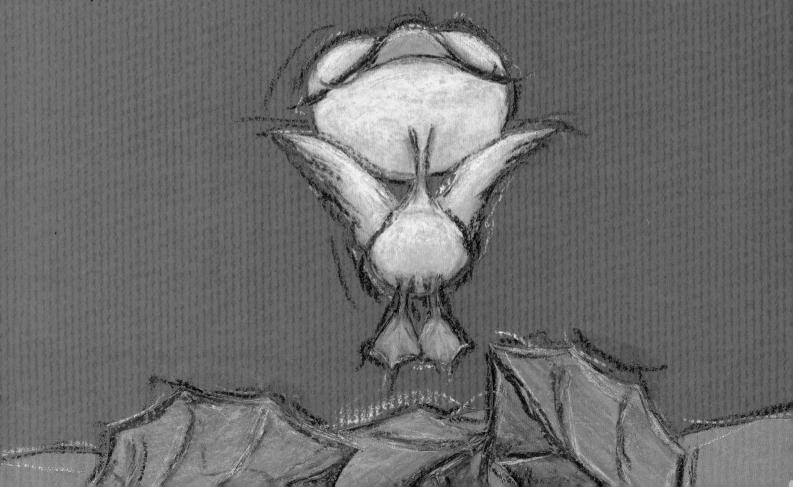

Llegó el invierno

y con él llegó el frío.

Para no congelarse,

tuvo que nadar y nadar;

pero, cuando ya no pudo más,

el hielo lo dejó paralizado.

Al día siguiente, un labrador lo recogió;

lo llevó a su casa y sus hijos lo reanimaron.

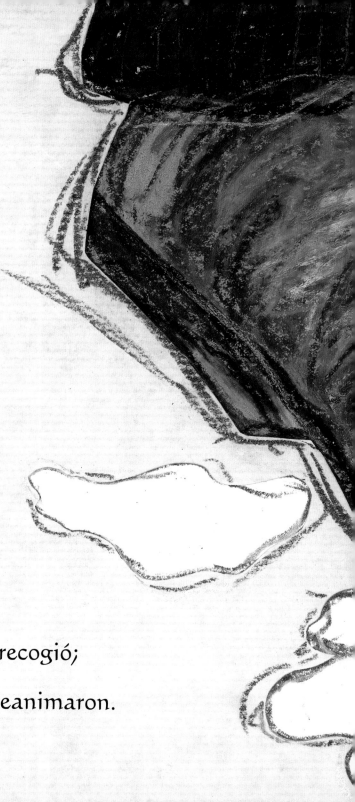

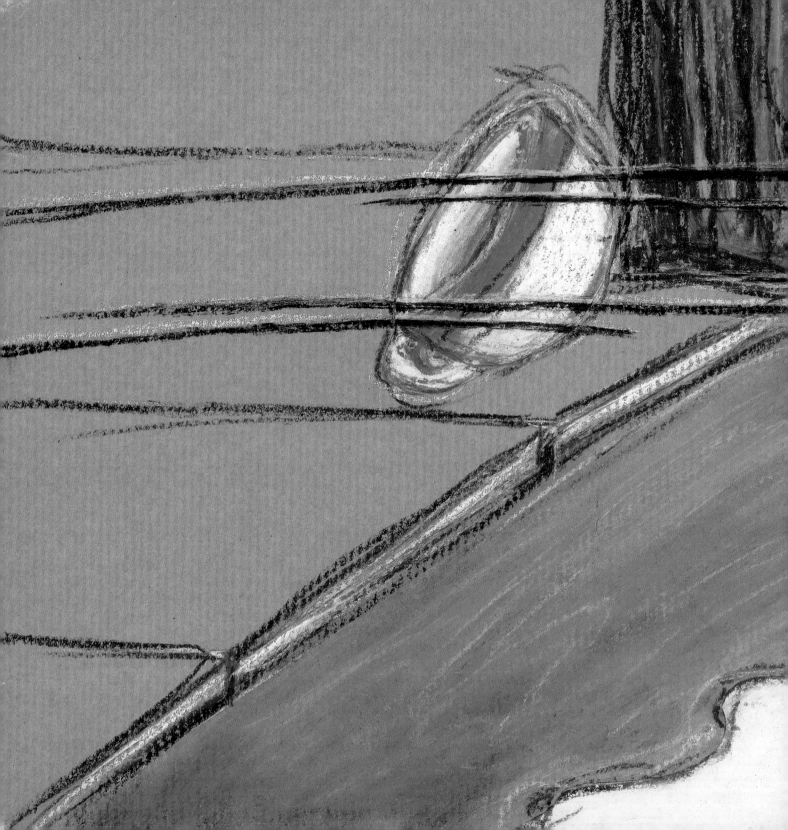

Los niños querían jugar con él; pero el pato,

creyendo que podrían hacerle daño,

huyó de su lado, tropezando

y tirando todo lo que encontraba a su paso...

Corrió entre los arbustos del jardín

y caminó sobre la nieve, hasta quedar adormilado.

Sufrió mucho aquel duro invierno.

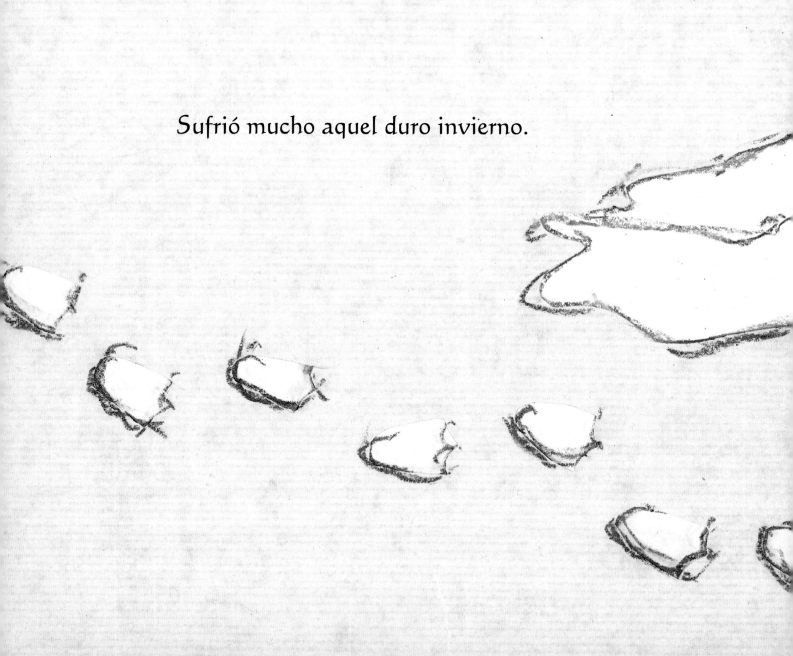

Un día, el sol volvió a calentar las aguas del estanque.

Los mirlos cantaban y la primavera había llegado.

De repente, aparecieron de nuevo

aquellos hermosos pájaros,

a los que él enseguida reconoció.

¡Eran cisnes!

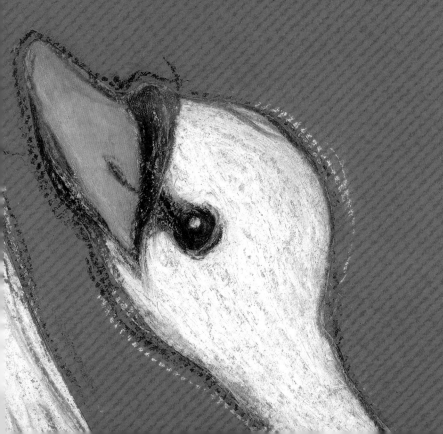

Con vergüenza, el patito bajó la cabeza y,

al ver su propio reflejo en el agua, descubrió algo increible:

él también era un cisne.

Los otros cisnes nadaron a su alrededor

y lo acariciaron con el pico.

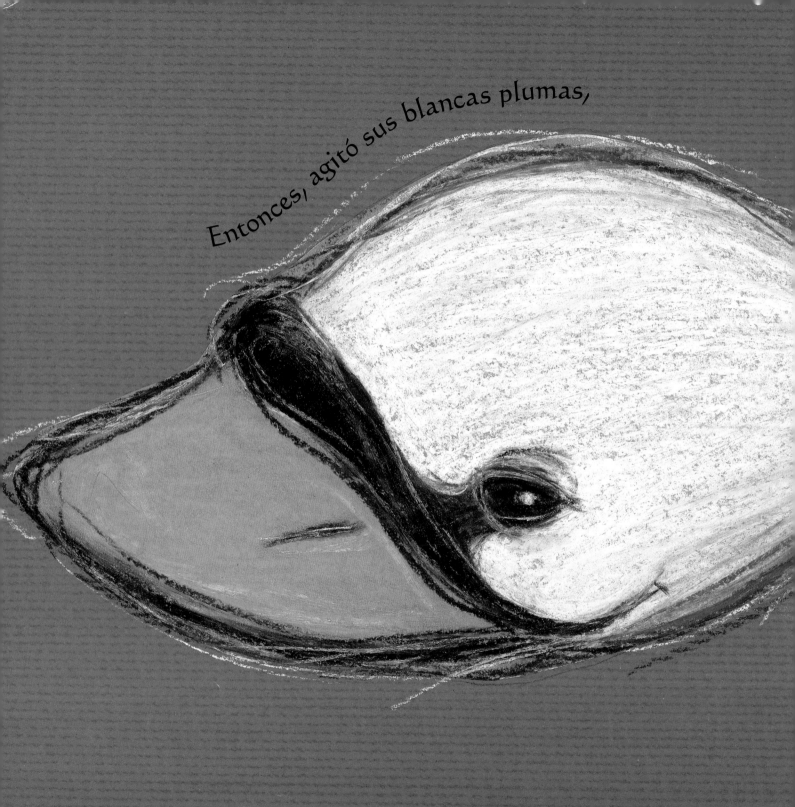

Entonces, agitó sus blancas plumas,

extendió su largo cuello y alzó el vuelo.

Su corazón, lleno de alegría, gritó:

"Jamás imaginé tanta felicidad".